Dépôts légaux : 1er trimestre 1994
Bibliothèque nationale du Québec
Bibliothèque nationale du Canada

ISBN : 2-7625-7625-3
Imprimé en Italie

CONTES MERVEILLEUX

CENDRILLON

Illustrations de Roberta Collier-Morales

Adaptation de Marthe Faribault

 Héritage jeunesse

Il était une fois un riche marchand dont la femme était morte peu après avoir accouché d'une jolie petite fille.

Comme il doit s'absenter souvent pour ses affaires, il décide de se remarier pour que sa fille ne reste pas seule.

Malheureusement, il fait une grave erreur, car
sa seconde femme est cruelle et égoïste, de même que
ses deux filles.

Les deux filles sont jalouses de la fille du marchand.
Chaque fois que celui-ci s'absente, elles la harcèlent,
lui ordonnant de faire tous les travaux de lessive et
de cuisine.

La pauvre jeune fille doit dormir sur la paille, au grenier, et manger toute seule au coin de la cheminée. Et comme elle passe ses journées entières à se salir de poussière et de cendres, les deux sœurs l'ont appelée Cendrillon.

Or, un jour, un roi et une reine décident de donner un grand bal dans leur château, afin que leur fils puisse se choisir une fiancée parmi les plus belles jeunes filles du royaume.

Quand les deux sœurs apprennent qu'elles sont invitées, elles sont tout excitées. Elles demandent à Cendrillon de les coiffer et de serrer leur corset afin d'amincir leur taille pour revêtir leur robe de bal.

— N'aimerais-tu pas assister à ce bal, Cendrillon ?
lui demandent-elles.

— Oh ! oui ! répond Cendrillon.

— Ne sois pas stupide ! dit la belle-mère, qui se
réjouit à l'idée d'aller présenter ses filles à la cour.
Sale et dégoûtante comme tu es, tu n'as pas ta place
au château !

Quand Cendrillon les voit partir, elle sent ses yeux
se remplir de larmes.

— Pourquoi pleures-tu, Cendrillon ? lui demande une voix très douce.

— Qui êtes-vous donc ? s'exclame Cendrillon en levant la tête.

— Je suis la fée, ta marraine. Pourquoi es-tu si triste ?

— J'aimerais tant aller au bal ! répond Cendrillon.

— Tu y assisteras ! dit la fée. Mais d'abord,
il me faut une citrouille et quelques-uns de tes
petits compagnons d'infortune.

Cendrillon conduit la fée dans le jardin.
Elle se demande bien à quoi va servir la citrouille.

D'un coup de baguette magique, la fée transforme la citrouille en un magnifique carrosse. Les six souris deviennent de superbes chevaux et le rat, un cocher. Six lézards se changent en valets vêtus d'habits somptueux.

Puis la fée donne encore un coup de baguette
magique. Cendrillon rayonne de bonheur quand
elle se voit revêtue d'une splendide robe de soie
et chaussée de jolies chaussures argentées.

— Maintenant va danser, ma belle, lui dit la fée. Mais n'oublie pas : il faut absolument que tu sois de retour avant minuit, sinon le carrosse redeviendra citrouille et tu te retrouveras en haillons.

Quand Cendrillon arrive au château, tous les invités se retournent pour l'admirer. Jamais on n'a vu plus belle jeune fille.

Le prince se précipite pour l'accueillir. Il est tellement ravi par sa beauté qu'il ne danse plus qu'avec elle du reste de la soirée.

Cendrillon est si heureuse qu'elle en oublie l'heure. Soudain, les douze coups de minuit retentissent à l'horloge.

Cendrillon s'enfuit en courant hors du château.
Le prince, tout désemparé, part à sa poursuite.
Mais la belle jeune fille a disparu. Il ne reste plus
d'elle qu'une petite chaussure argentée oubliée sur
les marches du château. Le prince est inconsolable
d'avoir perdu sa belle princesse.

Le lendemain, il envoie des messagers par tout
le royaume pour annoncer qu'il épousera la jeune fille
à qui la petite chaussure argentée ira parfaitement.

Les deux sœurs font tout ce qu'elles peuvent pour enfiler la petite chaussure. Mais c'est peine perdue. Elles ont les pieds trop grands. Alors l'un des messagers aperçoit Cendrillon.

— Pourquoi ne l'essaie-t-elle pas ? demande-t-il.

— Qui, Cendrillon ? s'exclament la belle-mère et ses deux filles, en riant.

— Le prince a donné des ordres, répond le messager. Toutes les jeunes filles doivent l'essayer.

La petite chaussure argentée épouse parfaitement le pied délicat de Cendrillon.

On conduit Cendrillon au château, où elle retrouve
le beau prince. Ils se sont mariés le lendemain et ont
été heureux jusqu'à la fin de leurs jours.